AF311137

BIBLIOTHÈQUE NATIONALE
R.F.
IMPRIMÉS.

L'ALLEMAGNE TRAHIE DEPUIS SÉDAN

SCÈNE DE

L'OCCUPATION PRUSSIENNE

EN ALSACE

Ce mince factum est né en pleine occupation prussienne, au bruit strident et continu des sabres des vainqueurs traînant insolemment dans nos rues.

Il s'adresse plus spécialement à cette philosophique Allemagne, devenue méconnaissable.

Qu'a-t-elle fait de ses aspirations si morales et à la fois si libérales ?.... Pauvre aveugle qui ne voit pas, d'après notre néfaste exemple, où mènent les despotes sous prétexte d'unité et de gloire.

Décembre 1870.

L'ALLEMAGNE

TRAHIE DEPUIS SÉDAN

Scène de

L'OCCUPATION PRUSSIENNE

EN ALSACE

PERSONNAGES :

M. Burger, vieillard, commerçant, d'origine alsacienne, ardent patriote, a ses deux fils aux armées.

Mme Burger, sa femme.

Wollfhammel, officier dans la landwehr allemande, de passage dans la ville de X., est logé chez Burger, qui lui doit tous les égards qu'on puisse rendre à un hôte de distinction (1).

---

(1) Un ukase du Gouverneur général des deux provinces envahies fixe ainsi qu'il suit le menu (*qualités et quantités*) qui est dû par jour à chaque soldat logé chez l'habitant:

750 grammes pain.
500 — viande.
250 — lard.
30 — café.
60 — tabac ou 5 cigares.

1/2 litre de vin ou 1 litre de bière ou 1/10 litre d'eau-de-vie.

(La scène se passe dans la salle à manger de Burger, au lendemain de l'abandon du camp retranché d'Orléans.)

Burger (*cruellement affecté de ce revers et subissant toutes les angoisses du moment comme père et comme patriote, va et vient machinalement autour d'une table dressée pour le souper, jurant et tempêtant à la fois dans les deux langues.*)

Echouer… quand tout semblait si heureusement combiné pour un grand succès, le mouvement en avant de l'armée de la Loire et la sortie de Paris.

Dieu ! ce ne peut être là cependant la fin de la France, alors qu'à nos yeux ravis brillait déjà l'aurore de la délivrance..

Mais où trouver un homme de guerre parmi ces généraux que la faveur presque a seule élevés à leurs grades.

Quatre-vingt-treize produisit des géants; notre époque ne produira-t-elle donc que de honteux pygmés ?...

La terre des Marceaux, des Desaix, des Carnot et des Hoche, devenue le jouet des Lebœuf et Bazaine.

Etre tombés si-bas !....

Ah ! nous payons chèrement nos dix-huit ans d'abandon, de faiblesse et de lâcheté, mais tous coupables : nous serons tous punis !......

Il était juste qu'un grand peuple, pour avoir laissé, dans la nuit sombre du Deux-Décembre, arrêter et proscrire tout ce qu'il avait d'hommes loyaux, généreux et capables, en vînt un jour à se trouver en face de l'ennemi sans autres chefs que des traîtres et des incapables.

. . . .

France désarmée, garrottée, depuis vingt ans au bagne..... te voilà libre..... relève-toi.

L'argousin chef et sa chiourme sont à Wilhelmshoe, au milieu des trahis de Sédan et de Metz.

France tu dois enfin être épuisée de traîtres !
. . . .

Mais déjà le stoïque Trochu et l'ardent Gambetta, glorieusement unis, tracent à des hommes nouveaux les âpres et rudes sentiers du devoir et de l'honneur.

. . . .

Déjà aussi, moins ignorantes des armes, nos jeunes générations combattent, non sans succès, et bientôt victorieuses, reviendront à nos foyers en milices citoyennes, capables d'y fonder à la fois l'ordre et la liberté.

. . . .

Et cette grande Allemagne, si patriarchale, si éclairée et si libérale.... qui, trompée et trahie depuis Sédan, ne voit pas qu'on lui souille sa gloire.

Ses soldats faisant œuvre de bourreaux, assassinant la France après l'avoir vaincue !

. . . .

Mme Burger (*entrant et ordonnant la table où sont disposés trois couverts*). — Tout est prêt... il est sept heures, et ce... militaire qui ne vient pas... J'ai un souper qui ne peut guère attendre.

M. Burger (*avec emportement*). — Un souper qui ne peut guère attendre !.., dire que ces gens-là trouvent à notre foyer toutes les ressources du bien-être à la place même de nos enfants, en ce moment peut-être privés du plus strict nécessaire.

Mais Alsacien, c'est-à-dire deux fois Français, comme l'a si bien exprimé le vaillant préfet Grosjean dans sa belle proclamation au Belfortins : je veux du moins, profitant de notre conformité d'idiome avec les envahisseurs, aller, par la pensée, en aide à l'épée de mes fils.

Je veux, dis-je, que ces convives forcés puisent à ma table, en même temps que le renouvelle-

ment de leurs forces physiques, l'amertume et le
remords, en un mot : la démoralisation résultant
de la conviction de leur complicité dans cette
œuvre de sang.

Mme BURGER (*timidement*). — Je tremble que
tu ne te compromettes et que Rastadt....... (1).

BURGER. — Mais non, rassure-toi.
Ces gens-là, non moins blessés dans leurs af-
fections que dans leurs intérêts, sont individuel-
lement très-accessibles à la raison ; en corps et
sous la férule des officiers supérieurs, c'est
différent, ces moutons-là redeviennent des
loups.

Mme BURGER. — Du reste, ils n'y peuvent rien ;
ils sont sans doute aussi malheureux que nous :
il n'est bruit en ville que de l'attendrissement
que leur cause à tous la vue des enfants dans
l'intérieur des familles.

BURGER. — Oui, mais ce qui ne les empêche

____

(1) La forteresse de Rastadt est la prison des Alsaciens.

pas de trainer insolemment leurs sabres au milieu de populations inoffensives et désarmées.

C'est justement là ce qui me révolte, ce qui rend encore plus exécrable à mes yeux cette horrible guerre ; c'est que ces infamies sont justement accomplies par les mains, jusqu'ici honnêtes, de bourgeois libéraux consommant ainsi plus sûrement encore leur ruine que la nôtre.

Tout à coup il s'arrête..... On entend le bruit d'un sabre traînant négligemment dans l'escalier, dont il heurte régulièrement toutes les marches.

L'OFFICIER (*entrant d'un air de bonhomie*). — Bonsoir, meinherr.

BURGER (*que le bruit du sabre a irrité*). — Bonsoir, monsieur (*avec tout le poli d'un obus*).

Silence de quelques minutes qui embarrasse fort l'officier.

L'OFFICIER. — Il ne fait pas chaud ce soir et je suis heureux de rentrer.

Voulant se concilier la bienveillance de son hôte pour retrouver à son souper un peu de quiétude d'esprit et l'oubli de la morgue de ses chefs.

Mais au pur allemand que vous parlez, meinherr, vous avez dû habiter notre pays et sans
doute y avez-vous conservé des relations et des
amitiés ?

BURGER (*refusant cette ouverture*). — Il ne
fait pas chaud, disiez-vous, monsieur, malheu-
reusement non, pour nos soldats, qui, à peine
équipés et moins aguerris que les vôtres, ont à
souffrir, non-seulement toutes les intempéries de
la saison, mais encore toutes les tortures de
l'impuissance.

L'OFFICIER (*d'un ton lent et emphatique*). —
Oui, oui, meinherr, vous êtes cruellement frappés;
votre armée de la Loire vient d'être défaite, et,
avec Dieu, le roi Guillaume rend l'Allemagne
bien glorieuse !

Silence glacial de Burger.

L'OFFICIER (*qui désire la paix, continuant*),—
Manquant à la fois de généraux et de soldats,
vous prolongez inutilement une résistance impossible.

Aussi, pourquoi ne pas céder?..... pourquoi

vous refuser plus longtemps à rentrer dans la grande et puissante famille allemande ?

BURGER (*avec vivacité*). — Pourquoi ne pas céder ?..... Ah ! notre persévérance vous lasse. Pourquoi ?... Par honneur, raison, devoir et reconnaissance.

L'OFFICIER. — Par reconnaissance ?.... ..

BURGER. — Oui ! Avez-vous donc oublié que, sur l'une et l'autre rive du Rhin, toute liberté vient de la France !...

Ecoutez : Mon père, d'origine allemande, était serf attaché à la glèbe d'un des princes d'Outre-Rhin, possessionnés en Alsace quand, en l'affranchissant, la France en fit un citoyen.

Il put alors se marier sans crainte de vouer sa race à la servitude et vécut dix ans heureux, sous l'égide de cette liberté qu'attendirent longtemps encore ses frères de l'Allemagne.

Pourquoi ne pas céder !...

Supportez que, pour répondre plus complétement à votre question, je discute plutôt avec vous, en toute liberté, pourquoi nous céderions.

L'OFFICIER (*acceptant volontiers le débat*). — Ce sera pour moi, meinherr, un véritable honneur que d'aborder avec vous ce pénible sujet. Mais (*ici il s'incline avec déférence devant Mme Burger*) laissez-moi vous dire combien je regrette cette horrible guerre et combien nous serions heureux, car c'est là l'expression sincère des sentiments du plus grand nombre d'entre nous, qu'elle prît fin sans plus de désastres de votre côté, sans plus de sacrifices du nôtre.

BURGER. — Oui, oui, c'est vrai ; il est évident que vous êtes tous de cet avis ; ce qui ne vous empêche en rien de la poursuivre tous, avec le même acharnement.

L'OFFICIER (*vivement mais posément*). La responsabilité en remonte toute entière à l'agresseur.

BURGER. — L'agresseur..... comme l'était l'Autriche en 1866 !.....

Mais si la responsabilité de la déclaration de cette guerre incombe à notre nation, la vôtre en a-t-elle moins la responsabilité de sa poursuite ?

L'une était un acte instantané de folie, l'autre est un acte prémédité de cruauté.

Car la continuer ainsi, en frappant votre ennemi à terre, c'est outrager l'humanité et vouloir faire reculer la civilisation, alors qu'un nouveau droit des gens plus humain régit depuis longtemps les sociétés modernes.

L'OFFICIER (*blessé dans sa nationalité*).— Ha ! c'est un rude mécompte, je le comprends, pour votre envahissante nation, d'être ainsi elle-même envahie.

BURGER. — La guerre que fait actuellement la Prusse à la plus grande des nations européennes, elle, puissance née d'hier, ne dit-elle pas assez quel a pu être jusqu'ici son dédain de l'envahissement ?

Le Schleswig toujours frémissant et les scandales de Francfort témoignent encore contre vous.

Envahissante nation!... Parce que, après Dieu, c'est à la France qu'ont de tout temps recouru les peuples opprimés. C'est à cela que servait une France!... Que n'en existe-t-il une seconde aujourd'hui !...

Envahissante nation ! notre don quichottisme
est notre honneur ; — trop heureux serions-
nous si notre généreuse nation, mâtinée par un
histrion, n'eût pas abandonné la Pologne et le
Danemark.

L'OFFICIER.— Mais, Nice et la Savoie ?

BURGER. — Frontières naturelles que nous
céda la reconnaissance d'un peuple affranchi par
nos armes ; du reste acquises du libre consen-
tement des populations.

L'OFFICIER. — Comédie !... faux-semblant de
suffrage et de légalité.

BURGER. — Osez donc en faire autant pour
l'Alsace et la Lorraine !

L'OFFICIER. — Et l'unité allemande ?

BURGER. — Mais, contre nos intérêts, nous
l'avons plus secondée qu'entravée !...

BIBLIOTHÈQUE NATIONALE
R. F.
IMPRIMÉS

L'OFFICIER. — Vous n'en n'êtes pas moins l'ennemi séculaire, car sans remonter au Palatinat, deux fois ravagé : sous la première République et le premier Empire, vos armées ont, quinze ans durant, labouré notre sol de leurs boulets.

BURGER. — La nation est innocente du double crime de Palatinat. Du reste, sans parler de la reconnaissance de votre monarchie, la révocation de l'édit de Nantes, que contresigna la même main despotique, a largement compensé ces ravages en dotant votre pays, au grand détriment du nôtre, de tout ce que la France avait alors d'esprits intelligents libres et indépendants.

L'OFFICIER. — Les guerres du premier empire?

BURGER. — Suite naturelle de l'intervention des alliés que définissait suffisamment dans ses projets et son but l'offensant manifeste de Brunswick. Mais quoique sous la tyrannie de Napoléon 1er, nos drapeaux représentaient toujours l'abolition des droits féodaux et la liberté.

Enfin la prépondance de nos armes a toujours été rachetée par notre désintéressement.

Je souhaite à l'Europe effarée, d'en espérer autant de la Prusse aujourd'hui.

En résumé, tout, dans les faits du passé, se compense, et rien ne saurait excuser votre acharnement actuel, car on ne peut de la sorte, éterniser les querelles des peuples, sans compromettre à tout jamais la paix universelle; et cinquante ans de rapports sociaux entre deux peuples voisins, faits pour s'estimer, devraient avoir (à tenir compte du progrès de la civilisation et de l'adoucissement des mœurs), comme influence, l'efficacité de plusieurs siècles d'oubli.

L'OFFICIER. — Et la constitution de votre République?

BURGER. — Est un bienfait que tous nos efforts, contre les vôtres, tendent à vous faire partager. Il n'est aucun esprit sérieux en Europe qui puisse refuser d'admettre que si les deux pays eussent été politiquement constitués de la sorte, cet épouvantable conflit eût été évité.

Mais la proclamation de notre République n'est rien moins que la liberté de votre peuple, à l'encontre de vos orgueilleux nobles de Poméranie, car qui n'est pas baron ou freyheer ne compte pas en Prusse.

Ce formidable développement militaire, qui constitue une puissance aussi vacillante que gigantesque, n'a pas eu simplement ponr but la résistance à l'invasion et la conquête; mais encore la plus complète restauration des priviléges de la naissance qui, chez vous, priment encore tout mérite et toute vertu.

(*Avec fierté*). Chez nous, la liberté est inhérente au sol. L'égalité civile est la base indestrutcible de notre droit public. La France seule, expression de la conscience universelle, ayant pu, dans son admirable esprit de justice, fixer et préciser avec netteté les éléments positifs qui constituent la liberté. Ecoutez le législateur de 1789.

La nature a fait les hommes libres et égaux en droits.

Et celui de 1793 :

Le peuple français convaincu que le mépris et l'oubli des droits naturels de l'homme sont les seules causes des malheurs du monde, etc.

. . . .

Ces principes, depuis, rayonnant sur le globe, y ont partout, sinon détruit, du moins dévoilé, toutes les iniquités qui déshonorent et avilissent l'humanité.

. . . .

L'officier. — Enfin, sans vous concéder tous ces points, loin de là, les peuples vivent aussi de gloire, et c'est du moins glorieux !

Burger. — Glorieux !.... glorieux, mais vous outragez plus l'humanité que ne l'ont fait les hordes les plus barbares d'aucune époque ! Mais vous avez déshonoré le dix-neuvième siècle.

Deux millions d'hommes, vieillards, femmes et enfants affamés, dans cet hospitaliter Paris où près de trois cent mille Allemands vivaient heureux.

Glorieuse !... la destruction du centre par excellence de la civilisation !... pour faire suite au bombardement de Strasbourg et de Châteaudun, aux pendaisons de nos francs-tireurs Alsaciens et aux autodafé de nos malheureux paysans dans leurs fermes qu'ils défendent.

C'est tout ce qu'on voudra... mais ce n'est pas de la gloire !...

Non-seulement Guillaume a osé regarder son crime en face, dans toute sa hideur, mais encore par un raffinement de cruauté, il a osé, (prodiguant l'ironie d'une fausse pitié) supputer la somme de privations, de souffrances et de douleurs que Paris contiendraient forcément à sa chute, pour déclarer hypocritement son impuissance à les soulager.

Et tout cela pour qu'il soit empereur?

. . . .

Cette élévation, au milieu des horribles hécatombes qu'elle seule nécessite, n'apparaît à mon esprit frappé d'épouvante que comme une immense pyramide sépulchrale, dont la base s'étendant au loin, porte son sommet jusqu'aux nues.

Le typhus et la fièvre, la faim, le froid, les fatigues et les privations de tous genres , non moins que le fer encore, ont produit cette accumulation de dépouilles humaines.

Sa sombre construction, presque tout entière faite de cadavres d'Allemands, étendus côte à côte et cimentés entre eux par le sang qui coule encore des blessures, est çà et là marbrée en rouge, dans tout son ensemble, d'une multitude de victimes françaises.

En bien plus petit nombre y apparaissent les Prussiens qu'à défaut de Dieu protége la politique de Guillaume (1) ; car les fortes assises inférieures ne sont qu'un amoncèlement des enfants de la Bavière, sur lesquels s'étayent suc-

---

(1) Non plus diviser : mais tuer pour régner.

cessivement d'abord les fils de la Saxe, puis ceux
du Wurtemberg, plus haut, ceux du Hanovre,
de Bade et des Hesses ; enfin les victimes des
nombreux petits Etats, jadis libres, aujourd'hui
asservis, en constituent le sommet, foulé aux
pieds par un groupe de matamores en brillants
uniformes, à la livrée prussienne, tenant d'une
main l'épée sanglante et de l'autre soutenant le
pavois sur lequel, semblable au vautour repu
sur un charnier, Guillaume, le chef branlant,
titube, ivre de vin, de sang et d'orgueil ! . .

. . . .

Pères, fils, frères, époux, fiancés, tous sont
là, mornes et rigides!... Le silence sinistre de
leur lugubre masse n'est pas seulement troublé
par le croassement de corbeaux du tas d'his-
trions (roitelets, principicules et hobereaux) qui
soutiennent l'hortodoxe soudard : mais encore
par un vent furieux, dont les tempétueuses raf-
fales accourent chargées des soupirs, des san-
glots, des plaintes et des cris déchirants, des
mères, des fiancées, des veuves et des orphelins
affamés d'outre-Rhin (1).

. . . .

Et déjà, fléaux non plus funestes que le tyran

---

(1) Le gouvernement prussien accorde aux veuves un
thaler par mois à titre de secours. Le thaler vaut 3 fr. 75.

apparaissent en cortége à sa suite : la famine et la peste !.....

. . . .

Mais excusez-moi de m'appesantir ainsi à dénombrer cette incommensurable masse de misères, car différant complètement d'avis avec vous: je trouble inutilement votre quiétude ; et vous devez être bien heureux, vous, noble, militaire Prussien (*mouvement de l'officier à chacune de ces trois qualifications*),pour qui les résultats de cette guerre se traduiront en avancement dans les honneurs.

Dieu,... votre roi.... la patrie,... tout cela vous rend si fier, sans compter votre intérêt personnel, car notre misère fait votre richesse , comme notre asservissement, votre liberté.

L'officier. — Mais non, meinherr, mais non, non !

Je ne suis, sachez-le bien , ni noble, ni militaire.

Je suis un simple commerçant, comme vous, et la classe bourgeoise et libérale à laquelle j'appartiens, (une fois l'Allemagne sauvée de l'invasion), n'a plus qu'à perdre à la continuation de la guerre.

Les résultats s'en traduiront pour nous , par des accroissements d'impôts et une plus grande subordination envers la caste toute militaire de la noblésse qui, seule, savourera les fruits (pour elle seule exquis) de cette guerre.

BURGER (*jouant l'étonnement*). — Hé! quoi.., vous n'êtes pas noble!... ni même militaire!... et vous avez, dites-vous, tout à perdre, personnellement, à la continuation de cette guerre!...

Alors je vous plains, car votre existence troublée, sinon perdue, méritait d'autres compensations.

Mais en fin de compte, vous êtes Prussien, et la Prusse dictant ses arrêts à l'Allemagne entière est une suffisante satisfaction pour l'orgueil national prussien?...

L'OFFICIER (*vivement*).— Je suis pas Prussien non plus : je suis Bavarois et... vous l'avouerai-je? j'en suis à redouter que mon noble pays, plus subalternisé demain dans la paix, qu'il ne l'est aujourd'hui dans la guerre, ne devienne la proie de l'aigle noir!...

BURGER. — C'est la règle ; les vainqueurs d'aujourd'hui seront demain peut-être des citoyens bannis ; car la conquête au dehors, c'est la servitude au-dedans. Vous avouez donc enfin que vous contribuez ainsi, de votre sang, non-seulement à votre asservissement personnel, mais encore à celui de votre patrie !. ...

Et vous voulez que nous cédions! sans doute pour léguer demain à nos enfants un avenir pareil de sacrifices, de misères et de déshonneur ! . . . .

. . . .

L'OFFICIER (*vaincu*). — Hélas! j'ai quitté mes affaires..... ma femme!... mes enfants ! ! Et Dieu sait ce que tous seront devenus, quand je rentrerai.....

..... Si je rentre !..... Hier ne l'espérant plus, j'ai pris le parti de leur faire par écrit mes adieux.....

(*Il pleure*). . . . .

BURGER. — Vainqueurs trahis, sacrifiés, vous excitez notre pitié, à nous, tous vaincus que nous sommes.

Votre sort est plus misérable que le nôtre !..

Triste est la gloire qui se paie dès aujourd'hui déjà par la détresse du foyer et fera demain peut-être, de votre femme une veuve, de vos fils des orphelins...........

Mais, vous voyez donc bien que ce sont des fers que vous tendez à nos mains libres encore : puisque vous n'avez plus ni patrie, ni liberté, ni femmes, ni enfants, comme les esclaves !!...

. . . .

L'OFFICIER (*trahissant tout son désespoir*).— On dispose de nous comme si nous n'avions ni cœur ni entrailles, et cependant, nouveaux départs, nouvelles sources de larmes. Qu'importe à Guillaume que les pleurs ne tarissent point, comme notre sang, dans de perpétuels combats ! Il va prodiguant à la conquête les réserves sacrées de la défense du sol !!!...............
..........(*Le geste menaçant*).
Dieu fasse qu'il échappe à mon bras........
..........(*Il sort*).

M. BURGER (*à sa femme*). — Et ces âmes faibles et subalternisées, refoulées et opprimées dans toutes leurs facultés affectives, tiendraient longtemps en cas d'insuccès ? Mais c'est impossible ! car la peur suit naturellement la tristesse.
Tandis que « un peuple dont tous les bras sont
« armés et exercés, dont toutes les âmes sont
« aguerries, dont tous les esprits sont exaltés,
« dont toutes les passions sont changées en

« fureur de combattre : un tel peuple n'a rien à
« craindre du courage froid et mercenaire.....
« il sera toujours assez fort pour détruire les
« automates à qui la discipline ne tient pas lieu
« de vie et de feu. » (1).

(*S'exaltant*). Donc, en avant, soldats de l'indépendance nationale et de la liberté ! A vos glorieux noms, nos cœurs tressaillent toujours d'orgueil et d'espoir. Sauveurs de la patrie ! c'est par
vous seuls qu'elle respirera désormais dans la
paix et la liberté !

Alors dans de solennelles assises, où seront
conviés tous les peuples, la République française
reprenant son rang suprême, et jugeant, dans le
calme de son indépendance et de sa force, à qui
doit *essentiellement* remonter dans son *principe
initial* et dans ses *développements successifs*,
la responsabilité de l'horrible forfait de cette
guerre, poursuivra sa divine mission, en édictant
à l'Europe rassérénée (comme autrefois pour les
Droits de l'homme) les grandes lois de réciprocité
dont l'harmonie doit seule désormais, pour le
maintien de la paix, présider aux relations des
peuples et à leurs destinées futures.

Victime d'abord de l'ineptie et de la lâcheté

------

(1) MONTESQUIEU, *les Romains*.

d'un monarque, puis de la cruauté et de l'orgueil d'un autre, enfin de l'égoïsme et de l'incapacité du plus grand nombre : la France, avec la toute-puissance de son génie, consacrant à l'encontre de la tradition et de la possession même, les grands principes qui doivent régler, restreindre ou supprimer l'*action* monarchique, reprendra alors, pour la réalisation dans le monde de la *justice détruite par la raison d'Etat*, le rôle prédominant et sublime de législateur qui lui incombe comme un immortel devoir.

Lyon. — Imprimerie d'Aimé Vingtrinier.

www.ingramcontent.com/pod-product-compliance
Ingram Content Group UK Ltd.
Pitfield, Milton Keynes, MK11 3LW, UK
UKHW021710090726
13657UKWH00005B/2154